KB102422

내가 어둠이라면
당신은 별입니다

내가 어둠이라면 당신은 별입니다
김대원 시집

초판1쇄 발행 2017년 09월 25일

지은이 김대원
펴낸이 방귀희
펴낸곳 도서출판 솟대
등 록 1991년 4월 29일
주 소 서울시 금천구 서부샛길 606, 대성지식산업센터 B동 2506 - 2호
전 화 02)861-8848
팩 스 02)861-8849
홈주소 www.emiji.net
이메일 klah1990@daum.net

제작 · 판매 연인M&B 02)455-3987

값 11,000원

ISBN 978-89-85863-62-9 03810

국립중앙도서관 출판시도서목록(CIP)

이 도서의 국립중앙도서관 출판예정도서목록(CIP)은 서지정보유통지원시스템 홈페이지
(http://seoji.nl.go.kr)와 국가자료공동목록시스템(http://www.nl.go.kr/kolisnet)에서
이용하실 수 있습니다.
CIP제어번호 : CIP2016020828

내가 어둠이라면
당신은 별입니다

김대원 시집

내가 어둠이라면 당신은 별입니다
당신은 빛날 수 있지만 당신은 나 없이는 못해요
우리는 따로 떨어져서는 아름다울 수 없습니다

도서출판
솟대

어둠 속에서 별이 되기를

처음에는 제가 쓰는 글이 시(詩)라는 생각도 하지 못했습니다. 목소리를 잃어버린 후 답답한 제 마음을 표현하고 싶어 노트에 한 자 한 자 썼던 것이 시가 되었습니다.

병원에서 투병 생활을 하며 소년의 감성에 흠뻑 빠져 시를 지을 때에는 제가 이렇게 오래도록 정확히 30여 년 동안 시와 함께할 줄 몰랐습니다. 그 세월 동안 7권의 시집이 나왔고, 2000년 『시대문학』을 통해 데뷔하여 시인이라는 직함을 얻었습니다. 더군다나 올해는 제가 감히 꿈도 꾸지 못했던 2017년 구상솟대문학상을 수상하여 제 생애 최고의 선물을 받았습니다.

지금까지 올 수 있었던 것은, 지금은 하늘에 계시지만 저를 지켜주는 아버지와 평생 아들의 손과 발 그것도 부족해 목소리 역할을 해 주며 돌봐주시는 어머니, 소천하는 순간까지도 저에 대한 애정을 놓지 않으셨던 구상 선생님, 언제나 장애인문학 발전을 위해 든든한 기둥이 되어 주시는 솟대문학 방귀희 회장님을 비롯한 많은 분들의 보살핌 덕분이라 생각하고 있습니다.

이번이 마지막 시집이 될 것 같습니다. 그래서 더 잘 써서 여러 사람의 기억 속에 오래 남고 싶었는데 원고를 넘기고 나니 부끄럽기 짝이 없습니다.

시에 대한 공부도 하지 않았고, 시우(詩友)들과 토론을 하며 시를 다듬어 가는 과정 없이 혼자 집안에서 내 마음을 담아낸 단어들의 나열입니다. 저는 부족함 투성이고 투박하지만 아름답게 살려고 노력하였습니다. 제 작품 역시 주인을 잘못 만나 엉성하고 모자라지만 제 사랑을 듬뿍 받고 태어난 저의 모든 것입니다.

저에게 소중한 분들이 한 명씩 떠나고 저도 언젠가는 그분들 곁으로 가겠지만 제 시는 이곳에서 김대원이란 이름으로 남을 것을 생각하면 행복합니다. 저의 8번째 시집이 어둠 속에서 별이 되기를 기도합니다.

2017년 가을

송도 김대원

| 차례 |

2부

마음이 詩가 되다

3부

자연이 詩가 되다

4부

음식이 詩가 되다

1부

일상이 詩가 되다

방

아침이 되면
또 다른 어두운 방이
아가리를 벌리고 달려들지만
나는 받아들여야 하기에
그 방을 받아들이는데
주저하지 않고
그 어둠을 맞이합니다
내가 할 수 있는 것이 받아들이는 것뿐이라서

그 방과
함께 오게 되는
수많은 아픔들도
기꺼이 받을 수 있습니다.

눈곱

잠이 남겨 놓은 선물은
눈에 붙어 있다

숙면의 덩어리인데
눈뚜껑 속에서나
눈뚜껑 밖에서나
환영받지 못하고
버려진다

억울하다는 저항 없이
눈에서 뚝 떨어져 나간다.

종이학

잘 접은 종이학이지만
마무리가 부실해서
헤어스타일이 엉망이 되었다

그녀에게로 가는 내 머리도
누가 본다면 매한가지라 할 텐데도
중요한 건 겉모양이 아니라
따뜻한 가슴이라 여기며

종이학에 그 마음을 불어넣으니
나를 닮았다
아니, 내가 종이학을 닮고 싶다.

부모

누구나 있는 것이 아버지요, 어머니인데
특별한 나에게는 그분들이 특별하네

부족한 몸이지만 살펴 주시어
이 몸을 이 맘을 추슬러 주시었네
아무 일 아니한다면 하늘에 부끄러우리

남다른 몸으로도 이름을 드높여서
두 분이 뿌듯해하시면 나 또한 기쁘네
어버이 늘 함께하면 세상은 즐거우리.

콧구멍

들숨과 날숨이
드나들고 있는 통로
코딱지의 안식처
두 평 반 뻥 뚫린 내 콧구멍

두 평 반이 좁다 하고
시시각각 별의별 코딱지들이
구멍의 빈 자리를 메우고 있다

언제라도 다시 구멍을 시원하게 파낼
나에게는 새끼손가락이 있지만

머릿속에 쌓여 가는 그녀 생각은
새끼손가락으로도 파낼 수 없이
자꾸만 쌓여 간다.

딸깍 볼펜을 튕기며

적당 길이의 딸,도 필요하지만
일정 길이의 깍,도 있어야지만
소리가 경쾌해진다

악기도 아닌 것이 경쾌한 음을 내고
음악도 아닌 것이 마음을 들뜨게 하여
자꾸만 머리를 눌러
손가락으로 볼펜을 튕기며
딸깍 소리에 빠져든다

무료한 시간 때우기에
가장 간편한 나의 놀이.

달력

오른쪽으로 갈수록
숫자 하나씩 더해
세월의 살이 붙여진다

왼쪽으로는 갈 수 없어
세월의 살은 다이어트 불가다

일방통행이라
빨간 신호로도 막을 수 없고
교통경찰 아무리 삑삑 불어 대도
멈추지 않는다

빼줄 줄 모르는 야박한 세월.

몽당연필과 나

아무리 짧아져도 연필은 연필
난장이 몽당연필로
글씨도 쓰고 그림도 그린다

깍지를 만들어 끼워
키를 늘리면
다시 늠름해지는 내 연필

그런 깍지 하나 없는 나는
곧추세우려 애쓰며
가슴을 활짝 편다
몽당인간이지만
시를 쓰는 시인이다.

장갑과 양말

눈은 눈꺼풀로 지키고
이는 입술로 지키지만
손과 발은 아무것도 없어
장갑 끼고
양말 신는다

손을 지켜 주는 장갑 때문에 손이 예쁘고
온갖 땀을 다 받아 내느라 냄새나는 양말이 있어서 발이 편
하다

이 얼마나 위대한 발명인가.

빈 지갑

넣고 또 넣었다 생각했는데
채워지지 않고
넣은 만큼 빠져나가니
어쩔 수가 없다

이대로
속살을 드러내고
결국에는
내장까지 드러낸다

내장을 꿰매 봉하고
속살을 아물게 해
많은 돈을 넣을 수 있는
지갑을 갖고 싶다.

타이어

바람을 넣어
안을 부풀리고 있지만
그 모두가
밖을 팽팽하게 만들기 위함입니다

팽팽해야 안전하게 구를 수 있어
타이어는 항상 제 몸을 터질 듯이 부풀려야 합니다

인간의 욕심 때문에
타이어는 볼톡스를 맞습니다.

화장을 하다 보니

특별한 기운이 없어도
오래 빛을 발하고
진한 향수를 쓰지 않아도
그 향기는 오래 가겠지만

기운이 떨어져 빛을 잃지나 않을까
향수를 쓰지 않아 향기를 잃을까
겁이 나서

기운을 덧입히고
향수를 준비하느라
이마의 골이 깊어 감을 놓치고 지나간다.

치약

칫솔과 이에 눌려
일그러지고 뭉개지다가
결국 형체도 없어지겠지만

그가 없어지는 건
없어지는 게 아니다

형체를 바꾸어서
잇속 하나하나에 스며들어가서
청결하게 씻어 냄으로서
이를 보호해 주는 고마운 약인데
왜 슈퍼에서 할인해 줄 만큼 하찮게 대하는지
알 수가 없다.

소식

누구에게서라도
따뜻한 소식 한 통 받고 싶다

집배원의 정거운 손길이 아니어도
SNS를 통해서라도
나에게 말을 걸어 주는 사람이 있으면 좋겠다

그 사람들의 따뜻한 마음을
느낄 수 있는
소식 한 통 받고 싶다.

정리

화분들을 정리하고
가구들도 정리하지만
지난날들의 시간은 지워지지 않는다

입던 옷을 정리하고
먹던 음식까지 바꾸어 봐도
추억은 우리 기억 속에 그대로 있다

사랑의 이별
우정의 배신
이 모두를 정리한다고 선언해도

우리의 기억 속에 자리한 추억은
정리가 되지 않는다.

세면

비누칠 후
거품이 일면 곧바로 물로 씻어내야 하지만
비누가 필요한 것은
때를 씻어 내기 위함이다

가만히 있어도 시간이 지나면
때가 생긴다

나는 깨끗하고 싶어 세수를 한다.

퍼즐 맞추기

낮 동안 흩어져 온 퍼즐 조각들
밤에 조각조각을 맞추고 있다

어떤 조각은 조금 길고
어떤 조각은 조금 짧지만
맞추고 보면 모두가 하나다

아침이면 다시 흩어질 퍼즐 조각이지만
정성을 기울이는 것은
삶이란 문제를 풀기 위해서이다.

신발을 신고 보니

아무리 발을 감싸기 위해 신은 양말이라 해도
발을 보호하기에도 미흡하고
멋내기에도 부족하여
신발을 신고 보니

신발은 발뿐이 아닌
몸도 보호하고
마음에도 안정을 준다

내일로 가기 위해
꼭 필요한 건 신발이다.

빨래를 준비하며

얼룩을 지우고
얼룩에 배어 있는 냄새까지도 지우기 위해
빨래를 준비하고 있습니다

그 과정에는 수고스러움이 따르겠지만
깨끗함을 입으며 느낄 상쾌감을 생각하며
빨래를 합니다

살다가 생긴 인생의 얼룩을 빨 수 있는 방법은 없는 걸까?

다림질

빨래의 화룡점정이다
이것 없이는 자존심을 잃게 된다

조금은 귀찮더라도
주름을 펴주고
조금은 번거롭더라도
빳빳함을 더해 주면
옷을 입고 사람들의 자존감이 높아진다

어쩌다 다림질을 하지 못해
후줄근한 옷을 입고 나가면
자신도 모르게 위축되는 것을 보며
다림질은 옷의 주름을 펴주는 것 이상으로
마음의 주름까지 펴서 빳빳한 당당함을 주는
자존심 회복 프로젝트라 생각한다.

감상

울림은 달라졌다 해도
마음을 움직인다면
그것만으로 아름다운 음악이고

오래전의 그 색깔과는
거리가 있다 해도
변함없이 심장을 뛰게 한다면
그것만으로 충분히 예쁜 그림이라

계속 그들을 향해
노래하고 그림 그리게 합니다.

면도

수염이 빳빳해 좋은 것은
아침에 면도할 때 생기는 경쾌함뿐인데
면도날 지나가는 소리를 들으려
하루가 빨리 가기 바란다

시간이 지날수록
턱밑의 수염은 수북해져 가고
수북해진 만큼 그 소리는 풍성해지고 있지만
수염은 깎을수록 빳빳해져
뽀뽀하자며 달려드는 아기 볼을 아프게 한다.

종이접기

종이를
접는 것만으로는
아무 모양도 만들 수 없지만

펴는 것도 함께하기에
원하는 모양을
만들 수 있다

여기에
그럴 듯한 이름까지 있다면
멋진 작품이 되기에
종이접기에 이름을 꼭 붙인다.

겨울 탈의

깨끗하고 따뜻한 옷으로
갈아입기 위해
입고 있던 옷을 벗고 있다

잠깐 찬 공기에 몸이 섬뜩해져도
다가올 따뜻함을 기대하며
기꺼이 옷을 벗는다

조금만 참으면 엄마 품같은 포근함으로
나를 감쌀 것이기에
지금의 추위는 오히려 시원하다.

발

땀나고 냄새난다
너무 구박하지 마라

위로는
몸을 받치고 있고
아래로는
지구를 밟아 주는 소중한 것이다

이런 대단한 일을 하고 있는 녀석이
나한테는 무용지물이 되어 매달려 있다
쓸모없는 고물이라도 버릴 수 없기에
발을 깨끗이 씻는다.

오래된 집

낡고 허름해 보이는 건물이
화려함을 뒤로하고
그 자리를 고집하고 서 있지만

그 건물은 부끄러움보다는
자긍심을 앞세우며

그 자리를
지키고 있는 것입니다.

새살
―피딱지

상처가 생겨 피가 흐르면
그 피가 굳어 딱지가 상처를 덮는다

그 딱지는
상처를 감싸 주어
깨끗하고 튼튼한
새살이 차오를 때까지
덧나는 것도 막아 주어서
상처가 안심하고
새살을 만들게 한다.

2부

마음이 詩가 되다

생각

맞이하려 맞이하려
반가이 맞이하려
그동안 준비해 온
모두를 쏟아 냈다

다가오라 다가오라 하며
마음 깊이
준비했다고 생각했건만

몸으로
마음으로
버거움을 느끼는 건

그를 따라가기에
모든 것이 모자라기 때문이다.

시키는 대로

내 마음이 멈추었습니다

내 몸으로 부족해
마음을 내세웠지만
그마저도 부족해
그저 끌려가고 있습니다

내가 끌려가는 건
온전히 몸 탓만도
온전히 마음 탓만도 아닙니다

아파하는 가슴이 시키는 대로
풀어나가려 합니다.

기다리며

입고 있는 몸을
아름답게 꾸미기 위하여
기다리는 것이 아닌데

괜스레 망설이고
그도 모자라
조금은 조바심 내고

품에 안고 싶어 기다리고
달아나는 것이 두려워 기다리다 보니

기다리는 순간들이 모여서
아름다움으로 다시 태어나는 걸
잊고 있었습니다.

현실

아니다, 안 된다고 하면서도
몸으로는 그를 받아들이고

몸이 받아들였기에
어느새 마음도 받아들였습니다

몸으로 다가오고
마음으로 다가와
현실이 되어 버린 것이

지금과 손 잡는 데
망설임을 없애 줍니다.

익숙함

길을
이어 주는 길은
한길로 여기는 것이
마땅하다 여겨져

좁다란 길이
기다리고 있어도
기쁘게 갈 수 있고

험한 길도
그 못지않은 마음으로
헤쳐 나갈 기운을 만들어 주어

좁다란 길에 닥처도
험난한 길이 나와도
곧 익숙함을 만들어 줍니다.

숲

내 앞에 나타난 숲
울창한 모습이 멋있기만 한데
나는 한숨을 짓는다
이곳을 내가 헤쳐 나갈 수 있을까

나를 애태우게 하는 이 길만이
이곳에서 벗어날 수 있는
하나 남은 길이기에 눈 감고 들어간다

얼마나 갔을까
여전히 그 자리
얼마나 지났을까
어느덧 나는 이 숲속을 즐기고 있다.

미련

마음이 무거운 것은
헛된 마음을 내려놓지 못한 까닭입니다

이제 버려야지 하면서도
깨끗이 비우지 못하는 까닭입니다

소유하지 않아도 되는 것을
소유하려 하고
품지 않아도 되는 것을
가슴에 품으려
이리도 바둥거리며
세월의 물살을 가르고 있는 것은
어리석은 미련이 남아 있는 까닭입니다.

왜

가슴에서 시키는 건
무엇이든 하려고
마음줄 바싹 당겼는데

따라가고 따라가도 끝이 없어
안타깝고 불안하다

세상이 자꾸 커진다
내 마음도 따라 커진다

왜, 마음은
멈출 줄 모르는 걸까
왜, 세상은
앞으로 나가라고 재촉하는 걸까.

나를 마시다

물을 끓이고 커피를 타서
입으로 가져갔습니다

쓰디쓴 커피 한잔이
입안으로 들어와서는
쓰거움보다 달콤함과 부드러움을 먼저 줍니다

약간의 설탕이 녹아서 달콤함이 되고
약간의 크림이 녹아서 부드러움이 되어
커피의 매력에 푹 빠져
하루 종일 커피만 생각합니다

커피를 마시며
나를 마시고 있다고 생각합니다.

흔들리는 산

산이 흔들린다
흔들리는 건 산뿐이 아니라
산속에 있는 모든 것이 흔들린다

산에 있던 정자는
언제나 나에게 휴식을 주었고
수풀은 따뜻함과 시원함까지 주었는데

사람이 비틀거린다
사람이 갖고 있는 모든 것이 휘청거린다
지위, 재산, 학벌이 준 것은 허망한 꿈이라서
무너지면 아무것도 없다

사람이 흔들리니
산이 흔들린다고 생각한다.

떠밀기

비록 나는 어둠 속으로 가고 있다 해도
여기 이 자리에 남아 있던 이들을 위해
빛으로 떠밀고 싶어서
시간 맞춰 당신에게로 향한다

이렇게라도 하면
밝은 햇살 아래에서
웃으면서 포옹하는 그날이 오리라는 믿음을 갖고
나는 오늘도 떠밀러 간다.

대리만족

꼭 내 눈으로 보아야만
그들이 아름답다는 걸
알 수 있는 건 아니고

꼭 내 귀로 듣는 것만이
진실된 소리는
아님을 알고 있기에

당신을 통하여 보고, 들으면서
그들이 아름답다는 걸 알았고
그들이 진실되다는 걸 알 수 있어
행복했습니다.

맑은 눈동자

한 방향만을
바라볼 수 있는
눈이라고 해서

눈동자까지
하나의 모습만 담을 수 있으리라고는
여기지 마세요

하나의 모습만을 담기에는
그 눈동자가
너무 맑기 때문이고

언제인가는
다른 방향도 볼 수 있을 눈을
기대하고 있기 때문입니다.

첫걸음

이 정도의 마음이야
다스리기 충분하고

이 정도의 생각 정도야
마음먹기 나름인데

내일을 생각해야 하는 우리는
내일을 준비해야 하는 우리는

오늘을 생각하는 것을
내일을 준비하는 첫걸음으로
여기려 합니다.

3부

자연이 詩가 되다

이것만

익어 있는 열매를 얻기보다는

내 손으로 물을 주고
거름도 주면서 가꾸어 가며

해가 되는 부분은 가위질도
서슴지 않고서 얻어 낸 열매들이

이것이 전부는 아닐 테지만
지금은 이것만을 즐길 겁니다.

봄이 되면

꼭 곁에 있어야만
살펴 주는 건 아니라는 걸
알고 있기에

기억을 예쁘게 다듬고
색칠도 새로 하면서

지금을 기억 속에 묻히지 않게 하려
기억이 바래지 않게 하려

오늘을 그때보다
깨끗하고 하얀 웃음으로
장식하고 있습니다.

차창을 열고

흐드러져 아름다워 손에 잡힐 듯하여
뻗어 낸 팔꿈치이건만

손으로 잡을 수 있으리라는
나의 생각이 부끄럽고 허망해

다시금 거두어 들이고
말없이 포개고 있는 이유는

아름다운 계절은
항상 우리 곁에 있다고 믿는 까닭입니다.

먹구름

먹구름 낀 하늘도 하늘은 하늘이라
땅을 감싸고 싶어 하는 욕심이 있어
먹구름 걷히기를 기다리지만
햇살을 내려 줄 수 있기를 기다리지만

먹구름 걷히기 전에
햇살을 내려 주려 하기 전에
어둠이 먼저 오고 있어

어둠으로 가야 하는
하늘의 가슴에
초조함을 얹어 줍니다.

나무를 심으며

하나 둘, 하나 둘 끊임없이
마음에 품었다가 내어 보낸다

내보내는 만큼 상처도 생길 테지만
그것을 덮어 주는 기대감도 함께 와서

끊임없이 품고
또 내어보낸 나의 마음에
풀 한 포기, 나무 한 그루를 심는다.

꽃의 존재

꽃이 시들면 그 꽃과의 인연을 접는 것은
꽃받침이 전부라 생각했지만
꽃대가 전부라 생각했지만

뿌리는 계속 양분을 만들어 보내

시들어 떨어져 버린 꽃의 존재를
다시 생각하게 합니다.

날개 위 계절

가을은
여름의 찐득함을 품고
하얀 겨울을 향해
날아가는 계절이라

양 날개 위에 아픔을
모두 다 간직한 채 날아가는데

그 날갯짓을
부르는 이름만이
아름답다고 해서

가을이 모두
아름다운 건 아닙니다.

덜어 주려

어차피 다가올
추위임을 알고 있기에

가을은 그리 되지 말자고
아름다움을 잃어서는 안 된다고

이 산하를 아름답게 물들이고
이 계절을 풍요롭게 만들어

앞날의 추위와 염려를
덜어 주려 합니다.

가지 붙들기

나뭇잎을 물들여
내일로 보내려 하는 자연은
혼자서 고생하고 있고
예쁜 색을 줄 수 있는 것도
자신들 뿐이라 생각하지만

가지를 붙들고 매달려 있는 단풍은
마지막 안간힘으로
붉은색을 더합니다.

하늘 꾸미기

땅과의 인연도 소중한 새는
인연을 이어 가기 위해
날개를 접고
다리도 아래로 뻗고 있지만

이내 새가 있어야 할 곳은
하늘이란 걸 깨닫고서

땅만큼 아름다워야 하는
하늘을 위하여 날아오르며
아름다운 하늘을 꾸미기 위해
날갯짓합니다.

보름달

달이라는 놈은
신축성도 뛰어난 것이
밝기도 하여서
밤을 지키고 있다

나날이
살이 붙어 가는
외계의 공 쪼가리가
이제는 빵빵해져 가며 밤을 지켜 주지만

오늘 밤에는 빵빵함의 절정에 이르렀으니
내일부터는 다시 가벼움을 향해 간다

더 이상 욕심을 내지 않는 보름달
그래서 더 빛이 난다.

천둥

날씨가 더워지는 여름이라
음식도 빨리 상해

그것을 잘못 드신 하나님의 배가
이리도 시끄럽게 요동치고 있나 보다

빨리 나아지서서
더운 여름을
무탈하게 보낼 수 있게 해 주셨으면 좋겠다.

여름의 꼬리

어느덧
여름은 꼬리만 남았습니다

태양이 이글거리는 낮에는
땀으로 샤워를 하고

후끈거림에 잠 못 들게 했던 열대야도
한 수 접게 되었습니다

가을에 대한 기대가
여름의 꼬리를 물고
여름의 아쉬움을
떨쳐 버리게 합니다.

까치밥

나무 끝의 과일 하나
겨울나기 새들을 위해 남겨 두었는데

새들의 부리짓에도 아니고
차가운 바람에도 아닌
사람들 욕심 때문에
땅에 떨어져 구르고 터지면서도
그대로 있어야 하는 건

까치밥은 되지 못했다 해도
땅에 대한 믿음은
그대로이기 때문입니다.

굴뚝

온갖 찌꺼기들은 불에 타고 나면
이 구멍을 통해 빠져나가니

이 끝의 구멍은
아무리 작아 보여도
작은 것이 아닌데

산타할아버지는 얼마나 뚱뚱하길래
이 구멍도 통과 못하나 싶지만
번번이 산타가 통과 못하는 굴뚝은
우리 굴뚝만이 아닐 거라는 생각으로
눈 한 번 질끈 감는다.

꽃 잔칫상

날카로운 계절을 지나
부드럽게 그 자리를 빛내는 봄

봄이 차려 놓은 잔칫상은
꽃들로 가득 차 있다

이 잔칫상에서는
꽃향기에 취하고
흥겨움으로 춤을 춘다

꽃 잔칫상에 오래 머물고 싶다.

비와 함께 온 손님

하늘에서 비가 내려와
땅의 열기만을 식혀 준다면
두 팔 벌려 반기겠지만

그와 함께 내려오는 손님들이 호통을 치는 바람에
깜짝깜짝 놀란다
죄 지은 사람 오금 저리게 해야 하건만
아무것도 모르는 강아지만 목청 돋구어 항변한다

아서라, 그 손님 또한 비의 일부이니
공손히 맞이하자꾸나.

봄 준비

꽃이 기지개를 켜며
하품을 하고 있다
이제 곧 눈을 뜨려나 보다

지나가는 겨울이
꽃에게 한 해코지도 용서하고
아름다운 꽃망울을 보여 주려
끈질기게 따라붙는
겨울을 뿌리쳐 가며

꽃은
봄 준비를 서두르고 있다.

병풍을 벗어나

겨울이라는 이름의 병풍 뒤에 숨어
오늘을 준비해 왔던 꽃송이들이

햇살을 먹으며
바람을 느껴 가며
진한 향기를 품은 채

암술이 들어 있는 꽃과
수술이 들어 있는 꽃이
조화를 보이며 조금씩 본색을 드러내고 있다.

꽃샘추위 1

꽃에게
자리를 내어주기 아쉬워
겨울이 벌이는 신경질

그 포악질로는
봄을 막지 못한다는 걸
알고 있으면서도

가는 추위 아쉬워
피는 꽃이 부러워
매년 하는 포악질
올해도 거르지 않는다.

꽃샘추위 2

예쁘고 탐스러운 꽃을 피우라고
하늘이 주시는 마지막 준비의 시간

행여 놓칠세라 서둘러
보여 주려 준비했던 빛깔을
더욱 곱게 단장시키고
풍기려 준비했던 향기를
더욱 진하게 만들며

호호 손을 불며 봄단장을 한다.

비와 햇살 사이

남성다운 박력으로 쏟아붓던 빗줄기가
어느새 잦아들어
여성의 부드러움으로 빗방울을 흩뿌리더니

이제는 비구름 사이로
살며시 고개 내민 태양이
땅을 말려 주기를 기다린다.

노을

어둠 속으로 들어가는 게 싫어
밝은 하늘이 벌이는 마지막 발악이다

이렇게라도 자신이 아름다움을 보여 주고는
어둠을 인정하고 깜깜한 세상으로 들어간다

그리곤 조용히 아침을 기다린다.

분재

가지가 자라나서 자리가 모자라기에
자라고 있는 가지를 다른 자리로 옮긴다

그 자리로 옮겨서
더 건강해지고
더 아름다워진다면
그것으로 충분하기에

가지를 옮겨 주는 그 자리에
물을 주고 거름도 주어서
비옥하게 만든다

나도 분재를 할 수 있으면 좋겠다.

야생화

들에 핀 꽃
그 색깔에 그 향기에 반해
내 곁에 두고 싶지만
꽃을 꺾지 않는 것은

나에게 오면 하루만 아름답지만
수풀 속에서 풀벌레와 함께 있으면
오래오래 살아갈 수 있는 까닭이다.

조화

겉으로는 꽃인 척해도 꽃이 아니니
향기가 날 리 없고
향기가 없으니
나비를 불러들일 수도
벌을 유인할 수도 없는
가련한 신세이지만

사람들이
그것을 보며 아름다움을 얻는다면
꽃이라 할 수 있다.

거름

소용이 다해
버리는 것이 쓰레기이지만
그 또한 아무데나 버릴 수 없어
한곳에 모으고

한데 모은 쓰레기들은 땅에 묻혀
썩으면 거름이 된다

거름은
가지를 자라게 하고
열매를 맺게 한다

쓰레기라고 얕볼 것이 아니다
쓰레기처럼 보여도 그 안에 값진 보석이 있다.

4부

음식이 詩가 되다

차(茶)

너를 우려내고
자꾸만 쥐어짠다면
잔이야 채울 수 있겠지만

처음의 그윽함과는 멀어짐으로
아쉬움을 남긴다

나의 혀는
더욱 깊은 떨림을 원해
너를 버리고 새로운 찻잎을 꺼내
좀 더 진한 맛과 향으로
이 잔을 채운다.

젓가락

젓가락질은 가락 두 개를 써야 하지만
두 개인 만큼 얻는 것도 두 배이다

포크보다 몇 배의 손 관절을 써서
손재주도 많아지고
머리가 좋아진단다

제대로 젓가락질을 하려면 일주일이 걸리고
콩자반을 집으려면 한 달이 걸린다
그래도 나는 젓가락을 집는다
머리가 좋아지고 싶은 욕심에

젓가락, 작지만 나에게 희망을 주고
성취감을 준다.

만두

물과 밀가루를 섞어서 반죽을 만들고
반죽으로 만두피를 만들어
그 안에 만두소를 가두었습니다

만두소를 둘러싼 것이라고는
고작 만두피 하나가 전부인데도
만두소는 그 안에 갇힌 채
그들의 결정을 기다려야 합니다

그들이 함께하고 있다면
터지고 뭉개지더라도

함께 터지고
함께 뭉개지기에
행복은 계속될 겁니다.

물냉면

뜨거웠던 면발도
찬 육수에 몸을 담그게 하니 차가와졌습니다

고기를 우려낸 국물에
몸을 담그고 있는 면발이라 해도
고기는 있어야겠기에 얇은 한 조각 얹어
어울리게 해 주었습니다

고기와 함께 물냉면을 꾸며 주는
색색의 고명들이 함께 있어
물냉면이 더욱 시원하고 맛있어집니다.

튀김

튀김옷을 잘 차려 입히고
끓는 기름 속으로 다이빙시켰다 건져내니
바삭한 맛이 고소하다
너무 맛있어서 신음 소리를 내게 만든 튀김

출출해져서
다시 집어들자 축 처져
바삭함과 고소함도 사라진 튀김
너무 맛없어 내동댕이친다

똑같은 튀김이건만
간사한 입맛 때문에
버림받은 튀김은 죄가 없다.

공갈빵

탐스러워 보여 한입 베어 무니
속이 비었습니다
바삭한 것이 구수하고 달콤하기도 해
맛이 좋았습니다
텅 빈 공간이 여유로움을 더해 주어
비움의 철학을 가르쳐 줍니다

공갈빵은 거짓말을 하는 것이 아니라
서민의 진실을 말해 줍니다.

단팥빵

맛있는 빵으로 감싸 주고 있지만
음흉한 놈이다

시커먼 놈이어서 멀리해 왔는데
맛을 보고 나니 그 속에 달콤함이 들어 있다

흉측한 속이
하얀 빵에 똬리를 틀어
노릇노릇 구워진 단팥빵에 자꾸 손이 간다

속만 보고 속았던 단팥빵의 실체는 아름답다.

초코파이

위에서는 누르고
아래에서는 버티는 힘겨운 모습

부드러운 하얀 속살이
눌리고 뭉개져 제 모양을 잃으면서도
맛을 지키고 있다

수많은 케이크 틈에서
경쟁력을 잃을 뻔도 한데
그놈의 인기는 식을 줄 모른다

외로운 이에게 생일 케이크 역할을 해 주고
가난한 이의 훌륭한 간식이 되어 주기 때문이다.

양념

주재료는 아니라 해도
맛을 내려면 꼭 있어야 한다

매운맛도
짠맛도
음식을 먹는 사람에 맞출 수 있도록

녹이기 쉽고
우려내기 쉬운
형태와 모양으로 만들어
음식의 맛을 더하게 만든다

양념이 없다면 요리를 못하는데도
양념은 낮은 자세로
요리를 위해 헌신한다.

소화

입으로 들어온 음식들이
변신을 거듭하는 사이
붙여지는 이름이다

일부는
하루를 살기 위해 필요한
에너지가 되지만

일부는
찌꺼기가 되어서
바깥세상으로 다시 보낸다

음식물을 입안에 넣고 소화시켜서
밖으로 내보내기를 계속하고 있다

이것이 내가 하루도 빼놓지 않고 하는
생존의 업무이다.

잔치국수

적당한 뜨거움으로
뻣뻣했던 국수를
부드럽게 만들고

부드러워지면
어떤 양념이 들어와도
면과 조화를 이루며
어울리는 맛을 내게 한다

여러 사람이 나누어 먹을 수 있어
흥겨운 잔치가 되니
잔치국수라 하는 것이다.

곶감

자연이 살펴 주어서 달콤하다
자연의 힘으로 푹신해졌다
할아버지 치아가 부족해도
녹여 냄으로 스며들 수 있다

몇 개 품은 씨앗
헛바닥으로 골라내실 수 있다

조금 큰 곶감은
초등학교 아이들 운동회 날
오재미로 써도 되고

조금 작은 곶감이라 해도
어린 아기의 볼 같아
귀엽고 탐스럽다

그래서 감은
곶감이 되려는가 보다.

서정시와 고백의 가치

허 혜 정

(숭실사이버대학교 방송문예창작학과 교수 · 문학평론가)

1. 자기 초상으로서의 서정시

시라는 것이 상처받기 쉬운 존재의 진실을 매개하는 언어라면, 언제나 가장 소중하게 다루어져야 할 것은 한 인간의 정직한 생의 감각이다. '자아의 세계화'라는 서정시의 장르적 정의를 가능케 하는 것도 한 개인이 느끼는 생의 감각, 그 진실성에 대한 신뢰를 바탕으로 한다. 비록 시 속에 사악하고 짓궂은 가면이 등장한다 할지라도, 독자는 수사적 의장 속에 감추어진 시인의 '진실'을 발견하고자 한다. 시의 고백의 가치는 거기서 탄생한다. 물론 시적인 고백은 사회와 인간에 대한 적개심혹은 조롱을 숨긴 폭로가 아니고, 자연과학자의 건조한 보고와도 다르다. 때로는 신랄한 위트로, 여운과 시치미로, 내포와암시로 어떤 진실을 암시할 뿐이다. 마치 수수께끼놀이를 하듯독자는 자신의 체험과 상상력에 의해 메시지를 읽어 낸다. 자전적인 글쓰기든, 행동적인 글쓰기든, 상상력의 유희를 즐기는 시든, 서정시는 인간적인 진실에 대한 호소를 통해 공감력을 획득한다. 시인의 외롭고 상처 입은 목소리는 강렬한 호소력을 던져 주는 근원이기에 지나치게 기교나 수사적 기술에만 몰입하는 현대시의 기류보다 서정시가 인간적 진실을 담아내는 예술적 그릇이라는 기본적인 사실을 환기해 보는 것도 나쁘지는 않으리라.

김대원의 시집 원고를 읽어 내려가며 뭉클한 감동이 차올랐던 것은 아마도 그의 시가 시인의 가장 정직하고 순연한 고백의 언어라는 사실과 무관하지 않을 것이다. 그의 시를 읽어 내려가며 떠올린 생각은 시와 시인, 시인의 생활은 하나라는 것이었다. 김대원의 2017년 구상솟대문학상 수상작인 〈내가 어둠이라면 당신은 별입니다〉에서 엿보았던 투명한 영혼과 정신은 그의 신작시집에도 고스란히 투영되어 있다. 독자에게는 다소 생소할지 모르지만 김대원은 이미 2000년 『문학시대』로 데뷔하여 첫 시집 『혼자라고 느껴질 땐 창밖 어둠을 봅니다』(1992, 시와 시학사)을 비롯한 일곱 권의 시집을 발간했을 만큼 활발한 시작 활동을 해 왔다. 그는 2011년에는 "솟대를 빛낸 얼굴"로 선정될 만큼 이미 큰 주목을 받아 왔고 장애인문학이 진정으로 무엇인지를 보여 주는 보석 같은 언어를 일구어 온 시인이다.

김대원은 초등학교 6학년 무렵 건강에 이상이 생겼으나 정확한 병명을 찾지 못하다가 중학교 2학년 겨울에 혈관 속 산소 부족으로 온몸에 마비가 오고 자발호흡도 곤란해져서 생명이 위험하다는 진단을 받았다. 고등학교 3학년 여름부터 숨을 쉬기 위해 인공호흡기가 필요했을 정도로 병세가 악화되어, 식도,

기도, 성대가 마비되어 대화를 자유롭게 나누거나 음식을 편안히 먹을 수조차 없는 중증의 장애를 갖게 되었다. 그때부터 김대원은 병상에서 시를 쓰기 시작하였다. 그의 일상은 시작$^{(詩作)}$이 전부라 해도 과언이 아닐 정도로 시라는 것은 그의 영혼의 숨결이자 삶의 의미 그 자체였던 것으로 나는 알고 있다. 이는 시인 스스로가 1부를 〈일상이 詩가 되다〉, 2부를 〈마음이 詩가 되다〉, 3부를 〈자연이 詩가 되다〉, 4부를 〈음식이 詩가 되다〉라고 각 장에 붙인 소제목으로 암시하고 있기도 하다. 그러므로 김대원의 시를 만나기 위해서는 우선 시인의 삶을 거쳐가야만 한다. 무엇보다 장애인 시인으로서 그가 숨쉬었을 무한한 아픔을 거치지 않으면 안 된다. 이런 과정을 거쳐야만 그의 시를 온전히 만날 수 있다. 우선 1부 첫머리에 실려 있는 〈방〉을 읽어보기로 하자.

아침이 되면
또 다른 어두운 방이
아가리를 벌리고 달려들지만
나는 받아들여야 하기에
그 방을 받아들이는데
주저하지 않고
그 어둠을 맞이합니다
내가 할 수 있는 것이 받아들이는 것뿐이라서

_〈방〉 부분

위의 시에서 시인은, '방'으로 비유된 내면 공간을 통해 자신의 존재에 대한 탐색을 시도한다. 위의 시는 '아침'이라는 환한 세상과는 달리 '어둠'을 받아들일 수밖에 없는 화자의 절망스런 현실을 보여 주고 있다. 하지만 하루가 밝아올 때마다 "또 다른 어두운 방이/아가리를 벌리고 달려들지만" 주저하지 않고 오히려 그것을 기꺼이 받아들인다는 언명은 어둡고 절망스런 현실에서도 끝내 삶의 의미를 견인해 보려는 강인한 자세를 보여 준다. 이렇듯 환한 세상과는 대비되는 어두운 방에서도 그 삶을 건뎌 내게 하는 의미들을 더듬어 가는 시선은 1부의 시편들 곳곳에 드러난다. 예컨대 시인은 눈에서 덧없이 떨어져 나간 '눈곱'에서도 시인은 "잠이 남겨 놓은 선물"(〈눈곱〉)을 발견하며, "마무리가 부실"한 '종이학'에서도 "중요한 건 겉모양이 아니라/따뜻한 가슴"(〈종이학〉)이라는 소중한 배움을 얻는다. 악기처럼 "경쾌한 음을 내"는 "딸깍 볼펜" 같이 일상을 같이하는 사물들로 가득한 공간은 그의 영혼과 존재의 감각을 배워 가는 작은 도서관과도 닮았다. 동시에 시인의 주변에 머무는 익숙한 사물들, 너무도 익숙해서 그의 시공간의 일부가 되어 버린 사물들의 풍경은 관찰자라고도 할 수 있는 시인의 초상을 다면적으로 보여 주고 있는 거울들이다.

꼼꼼히 읽어 보면 시 속의 제재로 등장하는 사물들은 딱딱한 관념의 상자 속에 잘 정돈되어 있는 자아가 아닌, 존재라는 관념 뒤에 다양하고 연약하게 웅크린 심리적 자아들을 드러내기 위한 비유들이기도 하다. 가령 시인이 시를 쓰는 데 사용했을지 모를 "난장이 몽당연필" 같은 것은 김대원의 시의식을 해명하는 중요한 표지로 여겨진다. 그 몽당연필은 "글씨도 쓰고 그림도 그"리는 자아의 분신으로 존재한다. 시 속에서 "깍지를 만들어 끼워/키를 늘

리면/다시 늠름해지는 내 연필"에 대한 화자의 경이는 "그런 깍지 하나 없는 나"는 "몽당인간이지만/시를 쓰는 시인이다"(《몽당연필과 나》)라는 자부심과 자각으로 바뀐다. 여기서 몽당연필의 키를 늘려 준 '깍지'는 끝없이 상상의 지평으로 나아가고픈 시인의 꿈 혹은 키작은 몽당연필처럼 왜소한 자아를 응시하게 하는 절망의 '키' 같은 것일 수 있다. 몽당연필이 토해 낸 언어는 비좁은 일상의 장소를 넘어 더 큰 세계와 우주를 꿈꾸는 시인의 언어를 닮아있다. 몽당연필은 자신의 생을 절망의 키에 내어주면서 연필로서의 자신의 운명을 살고 있다. 몽당연필은 너무도 왜소하게 느껴지는 화자의 분신적 은유만이 아니라 스스로의 키를 죽이며 그림과 글씨에 생을 바치는 시인으로서의 자의식에 대한 고백적 비유로 보아야 한다. 그렇게 무언가를 그리고 써내야 하는 것은 화자가 결국 이 세계에 자신의 존재 의미를 더듬고 자신의 목소리를 가져야만 하는 운명의 소유자이기 때문이다.

2. 삶의 문법을 넘어

1부의 시편들이 주로 일상적 사물들을 제재로 취해 시인의 내면의 식과 일상의 소회를 담아내고 있다면 2부의 시편들은 자신만의 시적 진실을 찾기 위해 더욱 진지한 자아와의 '대화'를 시도하고 있다. 2부에는 "몸으로 부족해/마음을 내세웠지만" 여전히 "아파하는 가슴"(《시키는 대로》) 좁다랗고 험난한 길이 익숙하게 여겨질 만큼 고통에 면역이 되어 버린 삶(《익숙함》), "이곳을 내가 헤쳐 나갈 수 있을까"라고 의심하게 되는 '숲'(《숲》), 버리려고 애써 보지만" 세월의 물살을 가르고 "어느새 다시 마음을 비집고 들어온 '미련'

의 감정"(《미련》) 등 보다 직설적인 언어로 고뇌하는 시인의 내면 풍경을 드러내고 있다. 전반적으로 1부의 시편들에 비해 2부의 시편들에서 더욱 격렬한 감정의 파문들이 느껴지는 것은, 화자의 목소리가 단순히 개인의 고통에 대한 토로가 아니라, 세계가 고수하는 삶의 문법 혹은 사회의 통념과 대립하거나 그에 대한 항변의 의미까지 포개져 있기 때문일 것이다. 예컨대 "그를 따라가기에/모든 것이 모자라"(《생각》)다고 자탄하는 시 속 화자의 목소리는 '비교'와 '차이'의 논리로 구축된 세상의 문법, 즉 '나'라는 자기의식을 구성하는 사유의 버릇 혹은 범주들에 대한 문제제기라고 해야 옳을 것이다. 늘 무언가를 규정하고 비교하며 관념화하는 세계는 인간을 지식의 교리로 가르치고, 허망한 경쟁으로 내몬다. 하지만 시인은 그러한 외적 잣대나 허영의 몸짓과 타협하지 않겠다는 단호함을 보인다. 그런 거부와 단호함이야말로 정말 가치 있고 의미 있는 삶이란 무엇일까 하는 본질적인 질문이 가능해지는 지점이다.

내 마음이 멈추었습니다

내 몸으로 부족해
마음을 내세웠지만
그마저도 부족해
그저 끌려가고 있습니다

내가 끌려가는 건
온전히 몸 탓만도
온전히 마음 탓만도 아닙니다

아파하는 가슴이 시키는 대로
풀어나가려 합니다.

_〈시키는 대로〉 전문

　위의 시에서 "마음이 멈추"었다는 귀절은, 몸만이 아니라 마음까지 길들이고 지배하는 삶의 문법들과 무관하지 않다. 화자가 "끌려가는 건/온전히 몸 탓만도/온전히 마음 탓만도 아"니다, 결코 그것은 한 인간의 문제가 아니라, 몸과 마음, 빠름과 느림, 비루함과 당당함, 강함과 약함 등의 경계로 만들어진 세계의 논리와 질서 그 자체의 문제와 결부되어 있다. 그러한 논리에 끌려가기보다는 "아파하는 가슴이 시키는 대로/풀어 나가려 합니다"라는 언명은 세계의 논리를 넘어서는 마음의 논리, 즉 시인으로서의 자기 논리를 포기하지 않겠다는 강한 집념을 보여 준다. 이렇듯 그의 시는 '멈춤' '모자람' '험함' 등의 여러 방식의 진술을 통해 비록 느리고 약하지만, 세상의 논리와 갈등하며 인식의 소로를 더듬어 가는 시인의 초상을 비춰 준다. 때로 화자는 세상을 따라 자꾸만 커져만 가는 마음과 그 마음을 재촉하는 세상에 대한 의문(왜)을 가진다. 그리고 그 욕망의 논리로 내달리는 세계를 직시하며 "지위, 재산, 학벌이 준" "허망한 꿈"(〈흔들리는 산〉)에 굴하지 않겠다는 의지를 고요하지만 단호하게 내보인다. 세상의 문법이 된 견고한 활자들이 아니라 그것에 억눌린 내면의 자아들, 세상은 기억하지 않더라도 생을 빛나게 했던 짧은 순간들, 고요히 아름다운 변이를 꿈꾸는 자연 같은 것에 시선을 돌리는 까닭은 여기에 있다.

　특히 3부의 시편들은 불안하고 위태롭고 상처 입은 내면 공간보다는 아름답고 싱그러운 순간들의 풍경으로 빛나게 펼쳐진다. 계절에 매혹된 화자는 "흐드러져 아름다워 손에 잡힐 듯하여" 팔꿈치를 뻗지만 다시금 그 팔을 거두어들이는데 그것은 "아름다운 계절은/항상 우리 곁에 있다고 믿는 까닭"이다.《차창을 열고》 화자는 먹구름 속에서 햇살을 내려 주기 위해 "어둠으로 가야 하는/하늘의 가슴"《먹구름》을 엿보기도 하고 "땅만큼 아름다워야 하는/하늘"을 향해 날갯짓을 하는 새, 우리의 통념과는 달리 실상은 하늘만큼이나 "땅과의 인연도 소중한 새"《하늘 꾸미기》의 모습을 아름답게 노래한다. "오늘밤에는 빵빵함의 절정에 이르렀으니/내일부터는 다시 가벼움을 향해" 이지러지는 보름달《보름달》이며, "암술이 들어 있는 꽃과/수술이 들어 있는 꽃이/조화를 보이며 조금씩 본색을 드러내고 있"《병풍을 벗어나》는 풍경 등은 시집 곳곳에 아름답게 부조되어 독자에게 자연과 생명 그 자체에 대한 놀라운 통찰을 건네준다. 이렇듯 누군가 관념으로 채색해 놓은 세계가 아니라 우주의 진실을 직관하는 아이처럼 '맨눈'으로 펼쳐 놓는 풍경들 속에서 우리가 얼마나 많은 아름다움을 잊어버리고 있으며 이 세계가 얼마나 많은 가치들을 결여하고 있는가를 느낄 수 있다. 궁극적으로 시인이 변화하는 계절이나 자연을 통해 보는 것은 사유나 논리로 전개되지는 않는 느낌과 생명의 세계이다. 그래서 자연과 인공의 경계에 있는 '분재'의 비유는 지시된 삶의 논리와 자아의 관념, 동시에 그 의미의 경계를 넘어서길 바라는 시인의 의식에 대한 탐구를 유도한다.

가지가 자라나서 자리가 모자라기에
자라고 있는 가지를 다른 자리로 옮긴다

그 자리로 옮겨서
더 건강해지고
더 아름다워진다면
그것으로 충분하기에

가지를 옮겨 주는 그 자리에
물을 주고 거름도 주어서
비옥하게 만든다

나도 분재를 할 수 있으면 좋겠다.

　분재가 자라는 '장소'는 좁게 보아서는 존재가 자리한 삶의
장소일 테지만, 넓게 본다면 문화적/사회적/역사적인 공간으로
확장될 수 있다는 면에서 스스로를 '나'를 분재하고 싶다는
화자의 토로는 그가 웅크리고 있는 인식의 굴레를 넘어 "더 건
강해지고/더 아름다워"질 수 있는 생의 장소에 대한 소망을 함
축한다. 동시에 자신이 빚어낸 언어의 분신으로 살아가야만 하
는 시인의 근원적인 예술적 소망의 표현으로 이해된다. 또한 자
신을 '분재'하고픈 욕망은 역설적으로 시인의 꿈과는 일치하지
않는 존재의 장소, 이 세계가 결핍하고 있는 어떤 상상적 장소
와도 연관되어 있다. 그렇다면 그가 스스로를 분재하고픈 새
로운 장소는 어디일까? "가지를 옮겨 주는 그 자리에/물을 주
고 거름도 주어서/비옥하게 만"들고 싶어하는 시인이 꿈꾸는

상상의 토양으로 다가가 보기로 하자.

3. '소화'와 교감의 세계

4부의 시편들은 세계의 결핍과 반생명적 논리들에 대해, 그리고 그것을 넘어서기 위한 시적 탐구와 갈망을 가장 치열하게 내보이는 작품들로 구성되어 있다. 독특하게도 김대원은 4부에 〈음식이 詩가 되다〉라는 소제목을 달았다. 이는 그의 시편들이 시인 자신이 매순간 힘겹게 삼켰을 음식들처럼, 그 힘겨움이 아니라면 그토록 강렬하게 체험하지 못했을 구체성을 통한, 추상적인 의미들로 축조된 세계와의 싸움임을 암시하는 것일까? 시에 있어서의 싸움이란 시인의 삶과 진실, 가슴과 영혼을 왜곡하는 모든 논리에 대한 대부정(大否定)의 싸움이다. 김대원의 시는 매우 뜨거운 시정신을 감추고 있지만 그의 시적 싸움은 현란한 미학적인 제스처나 호전적 언어 같은 것과는 거리가 멀다. 그것은 존재를 관념으로 치환하고, 생명보다 물질을 앞세우며, 본질보다 허상을 좇는 모든 말들에 대한 고요한 성찰의 싸움이기 때문이다.

4부에서 시인은 매순간 힘겹게 삼켜야만 했을 갖가지 '음식'을 제재로 하여, 그가 음식처럼 곱씹고 소화시키고 마침내 언어의 자양으로 삼았을 의미들을 감동적인 시편들로 빚어내고 있다. 시인이 한때 맛보았을지 모를 냉면, 만두, 단팥빵 같은 음식들은 그에게 작지만 소중한 삶과 생명의 비밀을 건네주는 현자들을 닮았다. "수많은 케이크 틈에서/경쟁력을 잃을 뻔도 한데/그놈의 인기는 식을 줄 모"르는 작은 '초코파이'(《초코파이》),

105

"텅 빈 공간이 여유로움을 더해 주어/비움의 철학"(〈공갈빵〉)을 가르쳐 주는 '공갈빵', "요리를 위해 헌신"하는 '양념'의 "낮은 자세"(〈양념〉) 등을 발견하는 시인의 시선은 지극히 세심하고 날카롭다. "입으로 들어온 음식들이/변신을 거듭하는 사이/붙여지는" '소화'라는 이름처럼 그의 언어가 질긴 탐색과 반추의 과정을 거쳐 왔기 때문이리라. 실제로 기도조차 마비된 처참한 장애를 안고 생을 영위하기 위해 매순한 힘겹게 음식을 삼키며 시를 써 왔을 시인의 처지를 상상해 본다면, 소화는 "하루도 빼놓지 않고 하는/생존의 업무"(〈소화〉)이자 일상이 아닌 생의 의미 그 자체가 된 글쓰기의 비유라 할 수 있다. 일반인들은 소화라는 것이 너무도 자연스런 몸의 노동 같은 것이어서 거의 의식하지 못한다. 하지만 그렇게 당연한 먹는다는 것, 소화시킨다는 것이 시인에게는 얼마나 지난한 노동과 같은 것인지를 〈젓가락〉은 암시해 준다.

> 젓가락질은 가락 두 개를 써야 하지만
> 두 개인 만큼 얻는 것도 두 배이다
>
> 포크보다 몇 배의 손 관절을 써서
> 손재주도 많아지고
> 머리가 좋아진단다
>
> 제대로 젓가락질을 하려면 일주일이 걸리고
> 콩자반을 집으려면 한 달이 걸린다
> 그래도 나는 젓가락을 집는다
> 머리가 좋아지고 싶은 욕심에

젓가락. 작지만 나에게 희망을 주고
성취감을 준다.

_〈젓가락〉 전문

"제대로 젓가락질을 하려면 일주일이 걸리고/콩자반을 집으려면 한 달이 걸린다"는 시 속의 귀절은 화자의 젓가락질이 시인이 언어의 알갱이를 고르고 건져올리는 것만큼이나 어려운 일이다. 젓가락질은 그 언어를 예민하게 감각하고 부수고 소화해야 하는 글쓰기처럼 인내와 노력이 극단적으로 요구되는 노동이다. 문맥에 의하면 화자가 젓가락질에 쏟아붓는 필사적인 노력은 "머리가 좋아지고 싶은 욕심", 즉 세상을 더 많이 알고 인식하고 싶다는 욕망에서 비롯된다. 콩자반 한 톨을 집어들기 위해 한 달 동안이나 그의 신경과 근육, 모든 의지를 다해 반복하는 젓가락질이라는 몸짓은 시인에게 있어 살아간다는 것, 먹는다는 것, 인식한다는 것이 얼마나 지난한 자기와의 싸움인가를 감동적으로 읽게 한다.

위의 시편에서도 암시되듯이 김대원의 시가 보여 주는 것은 무엇보다 생의 매순간에 대한 예민한 감각이다. 시를 쓴다는 것 자체가 일종의 철학적인 삶이며 존재에 대한 성찰적 행위이다. 그것은 관념적 존재가 아닌 경험과 분리될 수 없는 무르고 연약한, 때로는 편견에 물들며 상처 입기도 하는 존재의 기록이다. 그러므로 시는 지극히 개인적일 수도 있는 경험과 아픔의 감각을 통해 그 경험을 매개하는 '장소'의 문제를 보여 주고, 그 장소를 만들어 낸 세계의 논리를 성찰할 수밖에 없게 된다. 시인은 늘 세계를 자신의 눈으로 인식하고자 하기에 스스로 완전하다고 주장하는 세계의 위기에 가까이 가고, 바로 그런 위기 속에서 이 세계가 결핍한 것들, 세상이 돌보지 않는 하찮은 것들, 지워지고 잊혀진 것들의 의미를 찾아낸다. 세계와 존재는 딱딱하고 완벽한 관념들로 축조되어 있지만 실제의 현실과 그 속을 살아가는 생명은 그런 것이 아니다. 때문에 시 속에는 세계와 자아를 다시 번역하기 위한 경험과 자연, 시간의 이야기가 존재한다. 세상의 관념들이 망각하거나 누락하고 있는 이 공백이 바로 김대원 시의 출발점이며, 어쩌면 '곶감'이라는 비유도 스스로의 경험을 통해 존재의 진실을 들려주기 위한 비유일 수 있다.

자연이 살펴 주어서 달콤하다
자연의 힘으로 푹신해졌다
할아버지 치아가 부족해도
녹여 냄으로 스며들 수 있다

몇 개 품은 씨앗
혓바닥으로 골라내실 수 있다

조금 큰 곶감은
초등학교 아이들 운동회 날
오재미로 써도 되고

조금 작은 곶감이라 해도
어린 아기의 볼 같아
귀엽고 탐스럽다

그래서 감은
곶감이 되려는가 보다.

_〈곶감〉 전문

　달콤하고 폭신해진 곶감은 "치아가 부족한" 노인의 입으로
도 스며들 수 있고, "초등학교 아이들 운동회 날/오재미"가
되기도 한다. "어린 아기의 볼"을 닮은 곶감에게서 시인은 씁
쓸한 풋내를 버리고 부드럽게 익어 가는 언어를 발견했는지 모
른다. 딱딱한 감이 보드라운 시간의 주름을 간직한 곶감으
로 변화하듯, 김대원의 시는 비록 스타일은 화려하지 않지만
어른/아이의 따스한 마음결을 감추고 있다. 언제나 시의 가장
소중한 출발점은 삶의 경험이다. 자신의 경험과 느낌이 어떤
가슴을 공명시켜 누군가에게 삶의 선물이 될 수 있다는 믿음에
기대 시인은 오랜 침묵과 고독을 견딘다. 그렇게 시는 세상을
호령하고 지배하진 못하지만 누구도 돌아보지 않는 장소로
우리를 데려다 놓음으로써 인간에게 가장 소중한 것이 무엇인
가를 되새기게 해 준다.
　어쩌면 김대원의 시는 하나의 곶감처럼 아이의 유희와 늙은
이의 양식, 자연의 폭신함으로 모든 것을 감싸는 비밀의 주머
니가 되고픈 것일까? 그의 해맑은 언어는 인간의 관념이 가로
막은 생명의 몸짓들을 일깨우기 위해 "곶감이 되려는가 보다."
마치 감이 자연의 시간 속에서 보면 감만도 곶감만도 아니듯
이 김대원의 언어들은 약처럼 쓰면서도 달콤하고 진지하면서
도 발랄하다. 마음은 '소우주'라고 말해진다. 무엇이든 담을
수 있고 다 비워 버릴 수도 있다. 그 마음이 내보이는 우주가

곧 현실이 되는 것이 시의 논리다. 인간의 마음이 딱딱한 관념의 껍질들이 아니라 자연이란 바탕에 내맡겨져 있는 이상 시는 아무리 슬픔과 분노를 담고 있더라도 궁극적으로는 사랑의 논리로 소환될 수밖에 없다. 곶감은 누추한 현실과 시간 속에서 '감'이라는 딱딱한 관념을 벗는다. 곶감은 자신이길 고수하는 형체와 빛깔이 아니라 타자를 위한 교감의 세계에 속해 있다. 감이 곶감이 되어 가길 꿈꾸는 것도 생명의 본질이 사랑이며, 시라는 것은 독자와의 '교감' 속에 태어나는 것임을 알기 때문이리라. 이렇듯 김대원의 시는 우리를 사역하고 지배하고 길들이는 관념의 집이 아니라 거대한 공간 어딘가에 숨겨진 작은 일상의 공간, 누구나의 것일 수도 있을 개인의 아픔의 의미들을 감동적으로 일깨워 준다. 김대원의 시는 인간의 숨결과 가슴의 교감을 가로막는 관념과 문법들, 그런 논리로 축조된 세계를 넘어서기 위한 간절한 자기고백의 언어이며, 진정한 생의 공간으로 가닿고자 하는 염원의 노래이다. 정말로 뜨거운 자기 탐색과 오랜 '소화'를 거친 그의 시를 나는 진정한 생명의 노래라 하고 싶다. 누군가가 진실로 아름다운 생명의 시집을 묻는다면 나는 이 한 권의 시집을 권할 것이다.

일상이 詩가 되다

―김대원 시집 『내가 어둠이라면 당신은 별입니다』

방 귀 희

(사/한국장애예술인협회 대표)

김대원의 삶

김대원은 1969년 10월 17일 건축사 김원석, 교사 김태순 사이의 첫아이로 태어났다. 부모가 전문직 직업을 가진 중산층으로 유복한 가정이었다. 청운초등학교에 입학했을 때만 해도 그는 아주 해맑고 영리한 아이였다. 이미 두 명의 동생도 있

김대원 네 살 때

1981년도 초등학교 졸업식 때

던 터라 의젓한 모습을 보였다. 보통 아이들과 다름 없이 성장해 갔다. 그런데 초등학교 6학년 때 아이가 자꾸 넘어졌다. 어머니는 하도 이상해서 큰 병원을 찾아가 정밀 검사를 하였다. 병원에서는 운동신경에 문제가 있다며 증상을 좀 더 기다려 보자고 하였다. 하지만 부모 마음은 조급했다. 그래서 병원 외에 한의원, 민간요법 등 좋다고 하면 전국을 찾아다니며 안 해 본 것이 없었다. 그래도 아이는 정상적으로 학교생활을 하였다. 중학교 3학년 때 보통 때처럼 한약을 먹었는데 토하며 쓰러졌다. 서울대학병원 응급실에 가서 위를 세척하고 입원을 하였다. 그때 진단 결과는 머리카락에서 기준치 이상의 수은이 발견되었다는 것이었다.

아마도 한약에 수은이 많이 들어 있어서 수은 중독이 된 것 같았지만 병원에서는 정확히 말해 주지 않았다. 정확한 원인을 밝히기 위해 일본에 있는 병원에 갔었는데 그때 들은 얘기는 혈관 속 산소 부족으로 온몸에 마비가 올 것이고 자발 호흡도 곤란해져서 생명이 위험해진다는 사망 선거나 다름 없는 진단을 받았다.

그런 최악의 상황은 우리 아이에게 오지 않을 것이란 희망을 갖고 고등학교에 진학하였고 천천히 걷기는 해도 혼자서 학교에 잘 다녔다. 건강이 좋지 않아서 대학입시 준비를 열심히 할 수는 없었지만 그래도 미래를 향해 한 걸음씩 앞으로 나가고 있었다. 그러다 충암고등학교 3학년 여름방학에 폐렴이 왔다. 면역력이 떨어져서 감기에 걸려도 비상이 걸렸는데 폐렴은 위험한 신호였다. 한동안 병원에 입원해 있었는데 이번에는 다

1988년 6월 3일 퇴원하던 날 간호사님들과 함께

시 일어나지 못하고 휠체어에 몸을 의지하게 되었다. 그때가 1987년 겨울이었다.

서서 찍은 사진은 중학교 졸업 사진이 마지막이었고, 고등학교 졸업식에는 참석을 하지 못하였다. 그리곤 더 이상 사회 속으로 들어갈 수 없었다.

숨을 쉬기 위해 인공호흡기가 필요했고, 식도, 기도, 성대가 마비되어 대화를 자유롭게 나누거나, 음식을 편안히 먹을 수 없었다. 기도가 막히면 생명을 잃게 되기 때문에 어머니는 밤에도 아들의 숨소리를 확인하느라고 깊은 잠을 자지 못하였다. 집에 석선기를 몇 대씩 비치해 놓고 그릉그릉 소리가 나면 기도를 뚫어 주어야 했다.

부친은 회사를 경영하고 모친은 대학교수로 발전해 갔지만 아들은 그렇게 장애인이 되었다. 김대원은 치료가 계속 필요한 상태이다. 그래서 월요일부터 금요일까지 진료 과목만 달리하며 서울대학병원에 다녔다. 모친이 가끔 첫아들을 대학에 보내지 못한 것을 한탄하면 그는 웃으며 "엄마, 나는 서울대학에 다니는 걸요." 라고 엄마를 위로했다.

남들은 그를 그저 평생 병원 치료가 필요한 중증의 환자라고 생각하고 있었지만 그는 혼자서 시를 쓰며 시인이 될 준비를 하고 있었다. 1992년 첫 시집 『혼자라고 느껴질 땐 창밖 어둠을 봅니다』에 실린 두 분의 축하 글이 눈에 띄인다.

성당에 오지 못해 집으로 찾아오던 양권식 신부는 "우린 언제나 좁은 방 안에서 만났지. 하지만 너의 자리는 좁지 않았어. 이미 넉넉할 수 있고, 진지한 몸짓으로 비밀스런 은유의 노래를 하는 넌 순수한 시인인 것 같애." 라고 김대원이 얼마나 깊은 자기 성찰을 하고 있었는지 알려 주었다.

그리고 서울대 이비인후과 김광현 교수는 그의 상태에 대해 좀 더 세밀히 설명한다. 1987년 호흡곤란으로 기관절개술

1992년 2월 어느 날 집에서

을 한 상태여서 양측성대마비로 호흡 및 발성장애를 갖고 있고, 뇌의 광범위한 손상으로 운동기능이 손상되어 중중의 장애를 갖고 있지만 진료실에 들어오면서 항상 환하게 웃으며 뚫린 목부위를 막으며 "안년하세요." 라고 인사를 건네는 친절한 환자라고 하였다.

시집을 낸다는 소리를 듣고 깜짝 놀랐다며 내면의 정신세계를 성숙시킨 것은 그의 노력 때문이라고 그가 얼마나 자기와의 싸움을 치열히 했는지에 감탄하였다.

아버지는 건축가, 어머니는 공예가, 여동생은 음악가, 남동생은 컴퓨터 전문가 이렇게 쟁쟁한 집안에서 김대원은 시인으로 성장하였다. 우리나라 유일의 장애인문학지 『솟대문학』이 그가 시인이 될 수 있는 글밭을 마련해 주었다. 그는 정말 열심히 시를 썼다. 그 시들을 어머니는 시집으로 만들어 주어 7권의 시집을 발간하였고, 2000년도에는 『문학시대』 신인상을 받으며 문단에 정식으로 데뷔하였다. 그는 특히 2011년 7월 7일 『솟대문학』 창간 20주년에 '솟대문학을 빛낸 얼굴' 로 선정된 것을 자랑스러워한다. 그 선정 패에 이렇게 새겨져 있다.

'하루 일상이 시로 시작하여 시로 마감하는 시인으로서의 생활을 몸소 실천하며 『솟대문학』의 의미와 가치를 살리는 역할을 하였기에 『솟대문학』 20주년을 맞아 솟대를 빛낸 얼굴로 선정합니다.'

2017 구상솟대문학상 상패 전달식

『숫대문학』은 시인이 꿈을 키우기에 아주 적당한 환경이었다. 일반 문단에서 요구하는 학연도 필요 없고, 소속도 요구하지 않았다. 오로지 순수한 영혼이 빚은 시어들로 평가를 받을 수 있었기 때문이다.

이렇게 행복한 글쓰기를 하고 있을 때 부친이 2011년 뇌경색으로 쓰러졌는데 20일 후 뇌출혈이 다시 와서 의식을 잃고 식물인간 상태가 되었다. 위층에는 아들이 아래층에는 아버지가 중증의 장애인이 되었다. 두 명의 환자를 보살피는 것은 오롯 어머니의 몫이었다. 모친은 대학에서 명예교수로 남아 주기를 원하였지만 가족을 위해 그 어떤 보직도 맡지 않고 가족을 위해 자신을 희생하였다.

그 시절 김 시인도 암울하였다. 매주 찾아와 재롱을 부리던 조카들도 유학을 갔고, 능력 있는 동생들은 각자 자기 길을 가기 바빴다. 게다가 그에게 신앙과도 같았던 『숫대문학』이 2015년 말에 어처구니 없는 블랙리스트 사건으로 폐간되면서 시인은 큰 충격을 받았다. 『숫대문학』은 그의 삶의 목표였기 때문이다.

구상숫대문학상 2017 수상자로 선정되고 더군다나 『숫대평론』의 부활로 그는 다시 희망을 찾았다. 시인으로 기억되고 싶다는….

김대원 시인은 지금 건강이 좋지 않다. 고혈압, 지방간, 피부염 등 오랜 투병 생활로 이런저런 합병증이 나타나고 있다. 어머니도 아들의 오랜 병수발과 4년 동안 남편 병간호까지 하느라고 몸과 마음이 지쳐 있을 때 아들의 수상 소식을 듣고 기뻐

하면서도 "우리 아들이 상을 받으면 더 어려운 장애시인들에게 죄스러운데…"라며 말을 흐렸다.

시상식은 발행인이 직접 집을 방문하여 전달하기로 하고 허락을 받을 정도로 시인은 대중 앞에 나설 형편이 못된다. 어머니는 아들의 수상을 허락하고 바로 목소리가 밝아지면서 의논을 하였다.

"이제 마지막 시집이 될 텐데 여덟 번째 시집을 솟대에서 만들어야겠네요. 사실 한 장 한 장 모아 놓은 시들이 꽤 많아요. 내가 정리할 줄도 모르고… 이번 기회에 시집을 내주어야겠네요. 정말 잘 됐어요. 고마워요."

김대원 시인에게 구상솟대문학상은 중증의 장애로 존재감을 드러내지 못했던 안타까운 삶의 훈장이 될 것이다.

지난 8월 3일 내가 상패와 케이크를 들고 김대원 시인 집을 방문하였다. 시인 어머니께서 반갑게 맞이해 주셨다. 시인과 어머니 그리고 나 세 명밖에 없는 아주아주 작은 2017년 구상솟대문학상 시상식이 진행되었다.

상패를 무릎 위에 올려 주자 시인 눈에 눈물이 그렁거렸다. 오른쪽 집게손가락으로 목에 난 구멍을 막으며 "고…마…습니다."라고 인사를 하였다.

"제가 고맙죠. 그렇게 열심히 좋은 시를 쓰시는데… 이제야 상을 드리네요."

준비해 간 케이크에 초를 꽂고 불을 붙여서 축하 세레모니를 하자 시인은 얼굴 가득 미소를 지었다. 그 미소가 백 마디 말보다 더 진한 수상 소감을 전해 주었다.

제2시집 『밤하늘이 있기에 별들은 더욱 아름답습니다』 서문에 시인 조병화는 '아름다운 꿈, 굴하지 않는 의지'라는 제목으로 다음과 같이 적고 있다.

김대원 군이 신체장애자라고 소개를 받으면서 그의 제1시집을 읽고 그 청순하고, 깨끗하고, 아름다운 시에 감탄을 하면서 읽어 내린 것이 요 몇 해 전인데 그동안 또 이렇게 많은 작품 활동을 해서 제2시집을 낸다니, 참으로 그 꾸준한 정신생활에 경이로운 생각까지 들었습니다.

이렇게까지 하면서 신체적 불우한 삶을 이겨 내며 정신적 생활에 희열을 느끼면서, 불굴의 투지로 이 인생을 아름답게 싸워 나가서, 자기 인생으로 승리해 가는 모습, 참으로 경탄스럽습니다.

이러한 환경에 있으면서도 그의 시는 참으로 맑고 밝고 투명하여서 오히려 많은 사람들에게 그 고귀한 인간정신을 깨닫게 해 주고 있는 느낌까지를 갖게 합니다.

그렇지만
나는
들꽃처럼 작은 것을
가장 소중히 여기는

그런 들꽃 같은
사람이 되고 싶습니다

이 시는 이 시집의 한 작품의 부분입니다. 김대원 군의 시는 이렇게 맑은 이슬처럼 천진무구합니다. 앞으로도 이렇게 시로서 무한한 구원을 받으시길 기원합니다.

그리고 제3시집 『즐거운 무대』 서문에 시인 구상은 '마음의 눈을 뜬 시'라는 제목으로 다음과 같이 서술하였다.

김대원 님의 시를 읽으면서 나는 마치 어떤 철학적인 단상이나 종교적인 묵상록을 읽는 느낌이었다면 의아해할지 모르지만, 그 시집을 펼쳐 읽노라면 금세 공감하리라 믿는다.
그리고 어쩌면 이렇듯 일상적으로 마주하는 삶이나 사물에 대하여 통념이나 욕정에서 벗어나 마음의 눈으로 보고, 느끼고 또한 아무런 허식이나 허세가 없이 표상화하고 있음에 경의와 탄복을 함께할 것이다. 그래서 아무렇게나 손에 잡히는 페이지의 시를 한두 편 함께 음미해 보면,

어떤 일이건
나름대로의 의미를
부여할 수 있습니다

큰 의미건
작은 의미건

모든 일은
조명이 꺼진 후에야
심판이 날 수 있지만

그곳까지 가는 곳곳에
새로운 의미가 숨어 있습니다

_시 〈과정〉

한마디로 말해 어떤 철학 단상(斷想)도 좀체 이 시가 지니는 직관적 인식의 깊이를 감당하기 어려울 것이다. 실상 우리 인간은 상대적 존재이기 때문에 절대적 가치나 그 판단을 지니지 못한다. 그러면서도 우리는 쉽사리 자신의 판별을 절대화하는 우(愚)를 범하는 것이다.

오늘의 나는
어제의 내가
아닙니다

오늘의 나는
앞으로의 다가올
미래의 나도
아닙니다

그 모두가 하나이지만
때마다의 모습 하나하나는
새롭고 밝고 싶습니다

_시 〈나〉

이 시 역시 어떤 구도자(求道者)의 관상(觀相)이나 수월하게 체득할 통찰이나 비원(悲願)이 아니다. 실상 우리의 일반적 삶은 그날이 그날인 타성적 삶을 살기가 십상으로 신비의 샘이라고나 할 목숨의 하루를 되풀이하듯 헛되이 보낸다. 이렇듯 자기 쇄신이 없고서야 어찌 영원한 생명에의 완성을 기하랴!

저러한 김대원 님의 시선불이(詩禪不二, 시쓰기와 진리 탐구가 다르지 않음)라고나 할 경지는 그의 천성적 면도 있겠지만 특히나 그의 신체적 장애(전신마비, 음성 언어기능 마비)를 딛고서 도달한 것이기에 더욱 빛나고 우러러 보인다.

이제 앞으로 내가 그에게 시의 전문적 창작 면에서 당부할 것은, T.S 엘리어트가 말한 바대로 '시는 사상을 장미의 향기처럼 느끼게 하는 것이다.' 라고 하였듯이 아무리 훌륭한 인식이나 논리도 정서의 각양각색의 옷을 입어야 한다. 즉 사물의 비유나 이미지로 아름답게 형상화되어야 한다. 그렇다고 물론 이 시집의 시가 모두 부실하다는 것은 아니고, 이런 면이 더욱 습득되고 보완되기를 바라는 바이다.

두 분 모두 고인이 되셨는데 두 분 다 한국 문단의 큰 시인이어서 김대원 시인은 원로 시인들의 사랑을 받은 누구보다 행복한 시인이다. 특히 구상 시인은 김대원을 서재로 초대하여 시 강론을 해 줄만큼 애정을 갖고 계셨다.

장애인문학의 꽃

경향신문 2014년 11월 28일자 신문에 실린 내 칼럼 '가슴시리도록 착한 저항시를 소개한다.

  12월 3일은 유엔이 정한 세계장애인의 날이다. 왜 유엔은 세계장애인의 날을 정했을까? 그것은 이 지구상에 장애라는 이유로 차별과 배제의 대상이 되고 있는 장애인의 인권 현실을 개선해야 한다는 것을 국제적인 이슈로 드러내기 위해서이다. 우리는 장애인의 인권 확보를 위해 수많은 장애인들이 온몸으로 가열차게 저항을 하였다. 올해는 가슴시리도록 착한 저항시로 세계장애인의 날의 의미를 되새기고자 한다.

> 내가 수라면
> 당신은 수틀이예요
>
> 나는 아름다울 수 있지만
> 당신 없이 안 돼요
>
> 내가 어둠이라면
> 당신은 별입니다
>
> 당신은 빛날 수 있지만
> 당신은 나 없이는 못해요
>
> 우리는 따로 떨어져서는
> 아름다울 수 없습니다

 이 시는 김대원 시인의 〈내가 어둠이라면 당신은 별입니다〉이다. 수놓은 듯이 아름답다는 표현을 하듯이 수(繡)는 아름답다. 그 아름다운 존재는 시인 자신이고 그 아름다움을 만들기 위해 꼭 필요한 수틀은 당신이다. 그런데 시인은 다음 연에서 자신을 어둠이라고 고백한다. 그러면서 수틀이던 당신을 별이라고 한다. 별은 수보다 더 아름다운 빛을 발하는 동경의 대상이고 보면 대단한 반전이다.

하지만 시인은 곧 당신은 나 없이는 빛날 수 없다고 하며 어둠인 내가 얼마나 필요한 존재인지를 인식시키고 있다. 자신을 아름다운 수에 비유했다 정반대로 어둠이라고 한 시인의 정체를 이제 밝혀야겠다. 김대원 시인은 초등학교 3학년 때 발병한 희귀병으로 전신마비장애에다 언어장애까지 갖고 있는 중증장애인이다. 35년째 집안에서 세상과 단절된 채 살아가고 있지만 서정적인 시로 사람들과 순수한 소통을 하고 있다.

시인이 장애라는 정체성을 아름다운 수와 그 반대 개념인 어둠에 비유한 것은 절대적인 가치란 없고 모든 것이 상대적이며 인간은 혼자서는 살 수 없고 서로 도와야 비로소 아름다움을 발산할 수 있다는 것을 일깨워 주고 있다.

얼핏 보면 이루어질 수 없는 애틋한 사랑을 노래한 것 같은 이 시는 알고 보면 우리 사회를 향해 장애인에 대한 차별이 얼마나 큰 모순인가를 부르짖는 저항시이다. 불의와 맞서기 위해 혹은 자신의 요구를 관철시키기 위해 투쟁적인 언어들을 사용한 운동시와는 다르기에 금방 가슴을 치는 펀치력은 없지만 되씹어 볼수록 마음에 울림을 준다.

나는 당신 없이는 안 되고 당신은 나 없이는 안 된다고 못

박아 장애인이라고 무조건 폐를 끼치는 의존적인 존재가 아니고 장애인과 비장애인은 상반된 역할을 서로 바꿔 가며 하면서 공존하고 있는 동등한 관계에 있음을 천명하였다. 장애인, 비장애인이라는 구분이 얼마나 어리석은지를 깨닫게 해 준다.

이토록 가슴 시리도록 착한 저항시 〈내가 어둠이라면 당신은 별입니다〉는 장애인문학의 백미를 보여 주는 작품이다. 장애라는 단어 한마디 없지만 이 시가 장애인 작가의 작품이기에 우리는 시어 한마디 한마디에 묻어 있는 장애에 대한 상징성을 발견할 수 있다.

그러면서 차별에 대한 저항을 완곡하게 표출해 내고 있고 차별을 극복할 수 있는 방법까지 제시하고 있다. 이 시를 제대로 이해하는 사람들이 많아진다면 장애인계에서는 주창하는 장애해방에 기여할 것이고 장애인 인식개선 효과가 극대화될 것이다.

'내가 어둠이라면 당신은 별입니다. 당신은 빛날 수 있지만 당신은 나 없이는 못해요' 라고 시인은 장애인이 우리 사회에서 중요한 역할을 할 수 있도록 수틀 같은 제도를 만들어 줄 것을 당부하고 있다.

아름다운 수와 반짝이는 별을 많이 보기 위해서는 장애인복지라는 기반이 필요하다는 사실을 이렇게 서정적으로 표현할 수 있는 것이 장애인문학이기에 장애인문학에 대한 관심과 재평가가 필요하다.

신문에 김대원 시인에 대한 작품평이 실렸다는 지인의 전화

아주 아주 소박한 축하파티

를 받고 그 길로 바로 경향신문을 사서 읽으며 시인의 어머니
는 가슴이 뛰었다. 당시 시인의 아버지는 식물인간 상태로 병
상에 누워 있었다. 어머니는 가슴을 진정시키고 신문을 들고
남편에게 달려가서 큰 소리로 칼럼을 읽어 주었다. 이해를 하
건 말건 꼭 알려 주고 싶었기 때문인데 그 무엇에도 반응을
보이지 않던 시인 부친의 눈에서 굵은 눈물 줄기가 흘러내리
는 것을 보고 남편의 마음을 알 수 있었다. 그제야 아버지는
아들이 시인이며 아들의 시가 세상을 밝히고 있다는 사실을
알 수 있었을 것이다.

그 후 4개월이 지난 2015년 3월 24일 시인의 아버지는 세상
을 떠났다. 아들을 너무도 사랑했던 아버지는 오로지 아들을
회복시키겠다는 일념으로 부적절한 치료를 허용하여 아들이
그렇게 되었다는 죄책감을 갖고 있었다. 그래서 아무리 바빠
도 아들과 시간을 보냈고, 은퇴 후에는 아들을 보살피는 일
을 도맡아하였다.

아들이 혼자서 시를 썼지만 그 누구도 그를 시인으로 알아
주지 않았다. 옆에서 지켜보는 부모 입장에서는 그런 무관심에
마음이 아팠다. 그런데 아들을 시인으로 인정해 주는 글을 읽
고 뜨거운 눈물을 흘린 후 안심이 된 듯 아무것도 할 수 없는
아버지였지만 아들을 지키고 싶어서 간신히 쥐고 있던 생명줄
을 편안히 놓을 수 있었을 것이다.